Vente du Jeudi 25 Mai 1882,

HOTEL DROUOT, SALLE N° 3.

OBJETS D'ART

ET

D'AMEUBLEMENT

TAPISSERIES

A sujets chinois dans le goût de Leprince

EXPOSITION PUBLIQUE

Le Mercredi 24 Mai 1882

De 1 heure à 5 heures.

COMMISSAIRE-PRISEUR

M° Paul CHEVALLIER, Succr de M° Charles PILLET

10, RUE DE LA GRANGE-BATELIÈRE

EXPERT

M. CHARLES MANNHEIM, 7, rue Saint-Georges

CATALOGUE

DES

OBJETS D'ART

ET D'AMEUBLEMENT

Beau plat en faïence de Bernard Palissy ; Faïences hispano-mauresque et italiennes ;
Seaux en vieux Sèvres ;
Belles Assiettes en ancienne porcelaine de Saxe ; Orfèvrerie ;
Pierres gravées ; Mousquet et Pistolets à rouet ;
Bronzes ;
Armoire du temps de Louis XIV ; deux belles Tables en granit rose avec pieds en bois dorés
Statues, Statuettes et panneaux en bois sculpté ;
Devants de Coffres ; Cabinets italiens ; Dessus de portes ;

Deux jolies Tapisseries Louis XV, à sujets chinois, dans le goût de Leprince

TAPIS

DONT LA VENTE AURA LIEU

HOTEL DROUOT, SALLE N° 3

Le Jeudi 25 Mai 1882

A DEUX HEURES

COMMISSAIRE-PRISEUR

M° PAUL CHEVALLIER, Succ' de M° CHARLES PILLET

10, RUE DE LA GRANGE-BATELIÈRE, 10

EXPERT : M. CHARLES MANNHEIM, 7, rue Saint-Georges.

Chez lesquels se trouve le présent Catalogue.

EXPOSITION PUBLIQUE : Le Mercredi 24 Mai 1882.

De une heure à cinq heures

CONDITIONS DE LA VENTE

Elle sera faite au comptant.

Les adjudicataires payeront *cinq pour cent* en sus des enchères.

L'exposition mettant le public à même de se rendre compte de l'état des objets, il ne sera admis aucune réclamation une fois l'adjudication prononcée.

Paris. — Typ. PILLET et DUMOULIN, 5, rue des Grands-Augustins.

DÉSIGNATION DES OBJETS

FAIENCES

1 — Grand et beau plat ovale à reptiles, en faïence de Bernard Palissy. Diam. 53 et 42 cent.

2 — Bassin rond et creux en faïence hispano mauresque, décor à reflets métalliques rouge cuivreux.

3 — Cheval debout de même faïence et de même décor. Le cavalier manque.

4 — Gourde en forme de poisson, en faïence hispano mauresque, à décor à reflets métalliques.

5 — Bassin rond et creux en faïence d'Urbino, décoré de grotesques sur fond blanc et offrant à son centre un écusson armorié.

6 — Support en grès émaillé gris, orné de mufles et de pattes de lion.

7 — Trois cruches en grès émaillé.

8 — Petite cruche en terre émaillée de Munich décorée de figures et d'ornements.

9 — Groupe en faïence d'Urbino provenant d'une écritoire et représentant un pâtre et divers animaux. Décor polychrome.

10 — Gourde plate en faïence à décor bleu et or.

11 — Cadre avec croix, en faïence d'Alcora à décor polychrome dans le goût des faïences de Moustiers.

PORCELAINES

12 — Deux seaux, moyenne grandeur, en ancienne porcelaine de Sèvres, pâte tendre, fond bleu turquoise à larges médaillons d'oiseaux encadrés d'ornements dorés. Ils sont garnis de montures modernes en bronze doré.

13 — Vingt assiettes creuses en ancienne porcelaine de Saxe, décorées d'oiseaux dans des paysages au centre, d'une dentelle d'or au bord et de trois jetés de fleurs au marli.

14 — Quarante-huit assiettes plates de mêmes, porcelaine et décor, et provenant du même service.

15 — Deux compotiers semblables montés en bronze doré.

16 — Sept assiettes creuses en vieux Saxe, à ornements
gaufrés et décorées au centre d'oiseaux dans des
paysages en couleurs, et au pourtour de bouquets de
fleurs en camaïeu bleu encadrés d'ornements d'or.

17 — Vingt-trois assiettes plates provenant du même service que les assiettes qui précèdent.

18 — Partie de service en porcelaine dure de Sèvres, décoré de jetés de fleurs. Il se compose de vingt-sept
pièces : seaux, plats, compotiers, plateaux et beur-
riers.

19 — Dix assiettes creuses en ancienne porcelaine de
Sèvres pâte tendre.

20 — Deux grands vases couverts, en terre rouge de
Boccaro, garnis de montures Louis XVI à anses ser-
pents en bronze doré.

21 — Chien debout en ancienne porcelaine de Saxe,
monté sur un socle rocaille en bronze.

22 — Petit groupe de cinq figures de chinois et autres en
ancienne porcelaine de Saxe.

23 — Grande vasque ronde en porcelaine du Japon à décor bleu, dragons et ornements.

24 — Deux cachepots cylindriques et couverts en porcelaine italienne décorés de fleurs.

25 — Deux oiseaux debout en grès émaillé de la Chine.

ORFÈVRERIE

26 — Cafetière et sucrier en argent repoussé à côtes en spirale. Travail hollandais du xviiie siècle.

27 — Deux grands flambeaux en argent repoussé à godrons et ornements. xviie siècle.

28 — Sucrier ovale à deux anses en argent repoussé, du temps de Louis XVI. Travail hollandais.

29 — Six salières en argent composées d'ornements rocaille et de festons de fruits.

30 — Petit plateau oblong à contours en argent repoussé à ornements.

31 — Autre plateau de forme analogue en argent repoussé à feuilles et ornements rocaille, xviiie siècle.

32 — Porte-huilier en argent repoussé, à ornements rocaille, xviii siècle.

33 — Deux sucriers ovales à quatre pieds et une salière en argent.

PIERRES GRAVÉES

34 — Trois bagues ornées chacune d'un camée, l'un d'eux sur calcédoine représente un buste de femme et date du xvi⁰ siècle.

35 à 37 — Treize bagues ornées d'intailles antiques et de la renaissance.
Ce lot sera divisé.

OBJETS VARIÉS

38 — Horloge Louis XIII avec applique en cuivre repoussé et argenté, figurines en bois doré et soubassement en bois peint.

39 — Chope en étain à figures en relief dans le goût de Briot, xvi⁰ siècle.

40 — Chaudron en cuivre rouge battu décoré d'ornements en relief.

41 — Vase à trépied en fer garni d'ornements dorés.

42 — Deux flambeaux à large base en cuivre poli.

43 — Muselière de cheval en fer découpé et portant une inscription allemande, xvi⁰ siècle.

44 — Cadre en bois sculpté et doré du temps de Louis XIV contenant quinze lettres initiales du xvᵉ siècle peintes en miniature sur vélin.

45 — Mousquet à rouet avec monture incrustée d'os gravé à sujets de chasse, xvıᵉ siècle.

46 — Deux pistolets de même travail avec crosse de forme aplatie.

47 — Crosse d'évêque en cuivre doré. Travail espagnol du xvııᵉ siècle.

48 — Deux vases ovoïdes en cuivre battu et argenté.

49 — Cartouchière orientale en velours brodé d'or et d'argent.

50 — Quatre dessus de porte peints sur toile et représentant des paysages avec figures. École française.

51 — Six dessus de portes peints sur toile, deux sont à guirlandes de fleurs et de lauriers, quatre sont à groupes de fleurs et de fruits.

51 bis. — Deux peintures sur toile attribuées à Ricci : nymphes et satyres, Neptune et Amphitrite.

BRONZES

52 — Pendule du temps de Louis XVI en bronze vert, bronze doré et marbre blanc ; modèle connu sous le nom de l'Étude.

53 — Deux petits vases ovoïdes et à gorge en porcelaine blanche, montés en bronze doré. Époque Louis XVI.

54 — Deux flambeaux de même style formant cassolettes et montés à trépieds têtes de satyres.

55 — Statuette d'Antinoüs debout en bronze, xvie siècle.

56 — Deux figurines d'anges debout en bronze. Époque Louis XIII.

57 — Deux flambeaux de style Louis XVI en bronze ciselé et doré au mat, modèle à cariatides.

58 — Deux girandoles à deux lumières en bronze ciselé et doré du temps de Louis XVI.

59 — Deux chenets Louis XV en bronze, modèle à vase et galerie.

60 — Deux supports à trépied en bronze ornés de festons de fleurs.

MEUBLES ET SCULPTURES

61 — Deux grandes et magnifiques tables en granit rose
oriental sur pieds en bois sculpté et doré ornés de
cariatides et de frises composées d'ornements. Travail
italien du xviiie siècle. Long., 1m85 ; larg., 0m90.

62 — Deux gaînes de style Louis XIV plaquées d'écaille
rouge à encadrements de cuivre poli et garnies d'ornements en bronze, mascarons, figures appliques et
moulures.

63 — Panneau genre vernis de Martin à fond d'or décoré
des armoiries du Dauphin surmontées de la couronne
royale et soutenues par des Amours.

64 — Deux colonnettes cannelées en bois peint en blanc
avec chapiteaux composites en bois doré.

65 — Deux porte-cierges en bois sculpté et doré décorés
de mascarons et d'ornements. Italie, xviie siècle.

66 — Petite torchère Louis XVI en bois peint en vert et
rehaussé de dorure.

67 — Grande figure de guerrier debout en bois sculpté,
xviie siècle.

68 — Figure de personnage assis et dormant en bois
sculpté et formant applique, xvie siècle.

69 — Groupe en bois sculpté : Éducation de la Vierge par sainte Anne.

70 — Quatre panneaux en bois sculpté peint et doré, représentant diverses scènes de la Passion, xviie siècle.

71 — Grand cadre monumental en pierre sculptée de travail italien et de la Renaissance.

72 — Console de suspension en bois sculpté et doré du temps de Louis XIV, ornée d'une figurine d'enfant.

73 — Lot de panneaux peints à l'huile et représentant des sujets mythologiques et autres.

74 — Deux bustes en bois peint et doré formant reliquaires, xviie siècle.

75 — Petit buste d'homme barbu, en bois peint, xvie siècle.

76 — Deux pièces en bois sculpté : console de suspension en bois peint et cuvette de bénitier en bois doré.

77 — Boîte formant pupitre en marqueterie de cuivre. Époque Louis XIV.

78 — Bas-relief en marbre blanc rehaussé de dorure. Le couronnement de la Vierge. Il est accompagné de son cadre en marbre blanc sculpté à larges feuilles, xve siècle.

79 — Marbre tendre. Bas-relief représentant le Christ en croix, entouré de saints personnages, xve siècle.

80 — Bas-relief en cire blanche ; saint personnage en prière, xviie siècle.

81 — Grande et belle armoire ou bibliothèque du temps de Louis XIV, en bois de placage, garnie de moulures en bronze ciselé et doré.

82 — Deux consoles surmontées d'étagères, en bois sculpté et peint en blanc. Elles se composent d'ornements rocaille et elles sont enrichies de figures d'enfants.

83 — Monture d'écran en bois sculpté et doré, composée d'ornements rocaille et de fleurs.

84 — Petit bureau en marqueterie d'étain et écaille, surmonté d'un casier à tiroir.

85 — Bureau bonheur du jour en bois d'acajou avec moulures en cuivre poli.

86 — Deux chaises en bois sculpté, peint en vert et rehaussé de dorure.

87 — Porte de meuble en bois sculpté à figures et fleurs de lis, xvie siècle.

88 — Dessus de grande table en marqueterie de bois à damier.

89 — Galerie d'alcôve en six parties, composées de balustres tournés. Époque Louis XIII.

90 — Sept cadres Louis XIII à moulures guillochées, variés de formes et de dimensions.

91 — Quatre portes décorées de peintures sur fond d'or.

92 — Grande console en bois sculpté et doré, composée d'ornements rocaille et de feuillages. Époque Louis XV.

93 à 109 — Trente-cinq panneaux provenant de bahuts en bois sculpté du xvı^e siècle. Ce lot sera divisé.

110 — Quatre grandes figures en bois sculpté représentant les évangélistes, grandeur nature, xvıı^e siècle.

111 — Deux torchères formées de figures de négrillons en bois sculpté, peint et doré.

112 — Petit cabinet italien en bois d'ébène et ivoire gravé.

113 — Autre cabinet de même travail et fermant à deux portes.

TAPISSERIES ET TAPIS

114-115 — Deux jolies tapisseries du temps de Louis XV, à sujets champêtres de style chinois dans le goût de Leprince. Bordures de fleurs et d'ornements. Elles seront vendues séparément.

116-118 — Trois anciens tapis d'Orient à dessins variés.

119 — Tapis de même style mais de travail espagnol.

120 — Bande en largeur brodée en soie et or, à figures de saints personnages, XVIe siècle.